人物詩

JINBUTSUSHI

井澤賢隆

七月堂

人物詩

目次

IV

表紙・扉黒板画　森下貴史

I

麦

麦の穂は真直ぐに伸びる
そのすがすがしさ　いさぎよさ
だが　もともとそうなるために
麦は若葉のころ
人の足によって踏まれる
この　いきなりの蹂躙を経たあと
まるで目覚めたかのように
一気にスクッと天に向かうのだ
そして麦は
そのまま たっぷりと金の穂をつけ
晴天の下　刈りとられていく

晴天の光り返すや麦の秋（賢隆）

日本人はまだ米への思いが強い
麦がどこで育ち　どう実るのかは
あまり知られてはいない
しかし
米が脱穀精米され
炊かれてふくよかな御飯になるように
麦も　碾《ひ》かれて粉となり
イースト菌とともに直火で焼かれて
あの香ばしいパンになるのだ

米も麦もひとりでは糧になれない
特に麦は
このイースト菌の力を借りて
初めてふっくらとした香り高いパンになる
その時麦は
菌という他者と相まって
自身を全うするのではないか
パンのあの香ばしさは

そうした曲折を経たからこそ生まれる
麦の「良さ」ではないか
それはもともと待つかのように
麦が自身の内に秘めていたもので
今こそ麦は生きているのではないか

「麦は死んで麦は生きる」(『聖書』)

今　私の目の前にいるあなたは　真直ぐな麦の穂
それは生きるものの真実の姿
メメント　モリ　ボージーソワカ

やさしく　かわいらしく　素直でかつ賢明
そんなあなたのあり方も
麦の曲折と同じように
死の中の生のあらわれであり
生の中で死を見つめていることなのだ

「慈悲」ということば
愛は慈しみとともに悲しみ
悲しみは深いいとおしさ
心の深奥にある生への懇願
その時
俺はすべてを脱落《とつらく》して
あなたを精一杯抱きしめる
そして
新しい生命を育んで
ともに生きていきたいと心より願う

あのね

あのね
　あのね

小さい息子は
何か話したいことがあるとき
必ず　そのように語りだす

あのね

それはまず
私との接点を見出そうとする
一つのためらいという羞恥
そしてその後
それに耐えるかのような

しばしの沈黙がある

この間《ま》こそ　すなわちおまえの繊細さの現われ
どうにかして自分の思いを
私にわかる言葉へと変換しようとしている必死の時間
あの　という代名詞に
自分固有の言葉を当て嵌《は》めようとしている永遠の瞬間
声から意味へ
特殊から一般へ
詩から散文へ　と
言葉が貨幣となる飛躍の刹那

沈黙は心のども り
在ることの豊饒さのしるしだ
この　血のしたたる混沌の言葉のプールの中で
おまえはためらいながら泳ぐがいい
そんな　原初の詩人の新鮮な感性のたゆたいの中で
おまえは言葉の始まりとなって浮遊するがよい

そこに現れているのは
おまえ自身のみずみずしさ
　　優しさ
　　繊細さ
　　危うさ

私はその志向性《ゾルゲ》に心震えながら
おまえの「良さ」はそこにある
その戸惑いを恥じることなく
そのまま発揮して
　一歩一歩歩むがよい
と　エールをおくる

もう一度述べる

あのね

それは

限定しながらも　すべてを包含する温かい言葉
それを発する息子という存在の
直の全領域の出来《しゅったい》

そんな言葉の震えが聞こえてくると
私はすぐにおまえの頬に触れたくなる
そして　無性に頭を撫でたくなる
かつ　そのままギュッと抱きしめたくなる
これは私からの激励だ

そこから　息子よ
その直の感触を忘れずに
躊躇を踏み台にして
勇気を出して
ささやかでいいから
足元の一歩を進めるがよい
この　自身の面前の現実へ
一直線に飛び出すがよい

父は分かっている
おまえにはそれができるし
きっとそうしていくだろう　と

娘はスタスタ駆けていく

我が愛娘《まなむすめ》　生後四か月にして
自ら両手で哺乳瓶を持ち
二百ミリリットルの粉ミルクを
ごくごくと一気に飲んだ
この力強さこそおまえの出発点だ

その一年後
やっと両足で直立歩行をする
だが
人より遅い分
おまえは四足歩行の名人になっていた
整ったきれい端正な姿勢で這い這いする
そして
興味のあるものを見つけると

四輪手足で全力疾駆した
そのスピードの超絶したすごさ
ここまで速く美しい這い這いは見たこともない
妻と二人で見とれ　思わず拍手した
そこで培われた骨格の太さと筋力
それがおまえの基礎力だ

以来
直立してからも
おまえは自分の見つけた目標に向かって
スタスタ一心に駆けていく
腕を力いっぱい振り
大きな聡明な目をしっかり見開き
前を見つめて一目散に駆けていく
その顔は明るくまぶしい
その背中は広く頼もしい
それがおまえの本来面目だ

だが　しっかり認識しておいてくれ
若さ
それは　実は可能性がないということ
なぜなら　何にでも成れるということは
まだ　何者にも成っていないということだから
このとき　可能性は蓋然性と訳される
可能性とは　まさに
自分がどの道に進むか　真剣に選択したとき
初めて開かれるのだ
ゲーテやヘーゲルも言うように
何かを成そうとするならば
自分を限定しなければならない
そのとき　この開示された可能性の中で
希望と共に
逆に苦闘や失敗　挫折が出現する
それは必然当然
むしろそのように
苦難を自ら生み出すことのできる人こそが

何かを成しうるのだ
選択は　その裏で引き受けられなかった
盲目性に対する哀惜の断念
その結果生じる受難は　人生の僥倖《ぎょうこう》

おまえは賢明にも既に選択した
だからこそ　これから
悔しく
情けなく
涙を流し
密かに泣く事態にも遭うだろう
しかし
それは　選択して生きているからこその現実の幸せ
そのときやはり
初めて他者の抱える痛みにも気づけるのだ

おまえも今分かるとおり
目の前にいるこの父は挫折の名人

そんな私を面前全面反面教師とし
そこからまた踏み出して
自分が培い培われてきた
足元の自身の「良さ」を思い出し
堂々と自信を持つがよい
おまえは　いや人はすべてそれに値する
そして
再び胸を張って　一所懸命に手を振って駆けていけ
あるべき自分を探して　未来に向かって力強く進んでいけ
そんな中できっと
一緒に並走してくれる人も現れるだろう
その人たちを一番大切にしていけ

母は　父は
天空に輝く星々のように
全十方界
そんなおまえをいつも見守っている

母《おふくろ》

井澤賢隆十八歳
故郷三水《さみず》の家を出るとき
おふくろは玄関の外に立って
とてつもなく寂しそうな顔貌《かおつき》を見せた
何か魂が抜けたような
絶望に近い落胆の表情

そんなおふくろの小さな立ち姿を
私は一瞥《いちべつ》するだけで振り切って
後ろめたさの残る心のまま
京都へと出立した
この時
一家四人　単身赴任の親父など
それぞれ別々に住んでいて

おふくろ一人を
家に残してしまったのだ

今　齢九十六歳のおふくろ
隣村の高岡に
三男八女の中の
四女として生まれ
幼少時に叔父夫婦の養女となる
義父は坊主なので　寺をいくつか移り住み
辛いことがあると
外に出て
高岡の方に向かって
泣き叫んだという

それを聞いたとき
やっと気づいたのだが
私を見送ったあのとき
おふくろはおそらくその日を反復したのだ

捨てられるという寂漠の空虚
あの顔貌は養女となった日に見せた
高岡へと向けた表情だったのだ

二度繰り返された絶望
あのとき私は　それが解らなかった

だが
おふくろは一人になって前進した
踊り　コーラス　カラオケ　大正琴
五十四歳にして自動車の運転免許を取り
マレットゴルフにゲートボール
お寺の婦人たちの付き合いもある
福祉関連のボランティアもする
それは
つれづれを紛らすというふうもなく
嬉々として　また飄々として
楽しんでいた

そして
時々表白するハッとさせられる言葉
全ての道はローマに通ず
自動車に乗って道に迷ったときの言
形あるものはいつか崩れる
思わず茶碗を落とし割ったときの科白《せりふ》
根は明るく恬淡《てんたん》で脱落している
私は生きた哲学を面前に見た

「男二人　息子がいて
本当に良かった」
おふくろよ
認知症になって
どこの施設に移されても
感謝の言葉を忘れない
その態度に
いつも頭が下がる

私自身の後ろめたさは
さらに積もるばかりだが
三度目の絶望は　兄と私が引き受ける
それでどうか許してくれ
そして
それを希望にして
どこまでも明るく生き続けてくれ

おふくろ　かあちゃん
令和四年十月一日　眠るように大往生
慈秋院明昇永幸大姉
彼岸に全く往ける者よ　さとりよ　幸あれ

親父《おやじ》

親父はいつも
少しうつむいて耐えてきた
耐えるということが
その歩みの
厳粛な姿だった
そして
うつむきながらも前を向き
そのままの姿勢で
胸を張って生きてきた

長男として高岡に生まれたが
年の離れた姉夫婦が家督を継ぐ
その当然の流れがあった
親父には　おそらく小学生のころ

何か心の奥に疼痛の残る
原体験があっただろう
それを払拭するかのように
大人になって結婚し
苗字と名前を変えた
ただ　そうなってみても
実家への律儀な思いは残る
小さな二人の息子をリヤカーに乗せて
たまに高岡に帰った

元々
母の生家と親父の実家は
高岡を横切る間道を挟んで
上と下にある隣家同士
兄と私は　上《うえ》ん家《ち》　下《した》ん家《ち》　と呼んで
双方をよく行き来して遊んだものだ
年上の従兄妹たちが可愛がってくれる下ん家をめぐり
どちらが泊まるか　よく争ったものだ

親父もそこが好きだったに違いない
何かそんな故郷とのつながりを消さないために
同郷の母と結婚したのかもしれない

親父は素面《しらふ》のときは寡黙だった
人と世間話などというものはまずしない
それは
言葉そのものの持つ意味よりも
その裏にある言葉の意図に
過敏だったからだと推測する
自分への防衛機制を張っていたのだろう

そんな　一種の失語状態の気遣いは
酒が入ると一変する
明るく饒舌になりユーモアも飛び出す
酒と言ったら般若湯
　お銚子五、六本
豪快に一気に注文して　限度がない

そして
　生きとし生けるものの幸福とは何ぞや
本領発揮の質問が飛ぶ
それは決して一般化された問いではなく
親父自身の辛抱人生から発した
求道者の実存的な問答だったのだ
だが
そんな問いに答えられず
ためらい沈黙する息子たちを見ても
なぜか満足げだった

　死関に入りて死ならず
　生関に入りて生ならず

私が不良高校生のとき　与えられた公案
さあ　解けるか

親父と二人酒を飲みながら

夜を徹して話したことがある
三十半ばのころだ
何を話したかはおぼろ気だが
互いに話し尽くせたという思いは
今も残っている
それから一週間
東京の街中で擦れ違うすべての人々を
そのまま直に受け入れ肯定祝福できる
そんな脱落した心の状態が続いた

酒をしこたま飲み　タバコをよく吸って
九十歳まで生きた親父
晩年は
国家公務員としても長く務めた功績で
国から瑞寶雙光章を授勲されたが
認知症でベッドに寝たままとなり
私を認識できずに沈黙していた
しかし

その目は
眼前を見つめながら自身の遷化を悟り
　生きとし生けるものの幸福とは何ぞや
変わらぬ本領のこの問いを
忍耐そのものとなって
糺問しているかのようだった

合掌　祖雲院玄有昇圓高和尚

兄貴

私はいつも兄の後を追っていた

幼少の頃
家つまりお寺の庭には
鶏も放し飼いにされていたが
せせらぎ快い　蛍も住む
幅一メートル弱の小川が流れていた
外に出た兄を慕って追い駆けていくと
兄は小川の縁で立ち止まる
　つかまえた
そう言った瞬間　兄は小川を跳び越える
そこをまだ跳べない小さな私は
橋のあるところまで迂回して走り
そこから兄のところへ　一目散に駆けていく

すると兄は　瞬間元の岸へと跳ね戻る
そこでとまどう私は
また橋まで戻って兄を捉まえようとする
そして
この繰り返しの果て
私はとうとう泣き出してしまう

こんなこともあった
私が六歳の頃
何が原因かは分からないが
兄と取っ組み合いのけんかになった
母の仲裁ではどうにもならず
親父が出てきて二人を柱に縛り付けた
私はばたばた暴れ　反撥して言った
　俺は絶対兄《あん》ちゃんを助けて縄を解いてあげるからな
兄への怒りはそっちのけ
親父に抗議の矛先を向けていた
けんかはけんかで

それは兄を求めている裏返しだったのだ

私はその後も兄を追った
小学六年の兄が児童会長になれば
二年後私も児童会長に
中学になって　兄の受験勉強をまね
私も兄が寝るまで一緒に隣で勉強をした
兄は生徒会長　二年後私も生徒会長
だが　この後
私は兄に追いつくことはできなかった

それが少し吹っ切れたのが
私が自身の専攻を選んだ高校三年のとき
そこから互いの道の違いを認め
兄は兄貴となって　遥か高みの彼方を進んでゆき
私は私の足で　紆余曲折の尾根道を行く
そんな中
私が本当に嬉しく　心の澱《おり》が解けたのが

兄が結婚し　長男が生まれたとき
ああ　これで井澤家は続いていく
私は私で自分の道を進むことができる
報せのあと　一人で祝杯をあげた

だが
この快さも
兄貴の深謀熟慮とその行動力が
うらうら背後にあって　齎《もたら》しているもの
実家関連の肝心なことは　いつも兄貴に任せ
私はやはり　変わらずに甘えていたのだ
現実の事実を見れば　それは一目瞭然
兄貴が京都にいたときは　私も京都に
東京に出るときは　一緒に東京へ
千葉にいる今は　結果的に私も千葉に来ている
いつも兄貴の背中を追っている
それは今も本質的に変わらない
最初からの私の所与安心の気持ちなのだ

兄貴よ
どうかこれからも
賢明常道そのままに歩み
くれぐれも健康に留意して
家族ともども
無事是貴人　住居されることを心より願う

II

江嶋達彦が行って行ってしまった（※）

何の気取りもなく
何の怨嗟もなく
何の取得もなく
何の捨象もなく
つまり
何の何もなく
突然　必然　偶然……なく
具体的に
江嶋達彦が行って行ってしまった
行って行ってしまった

寂しさ残らず
悲しさ残らず
わびしさ残らず

楽しさ残らず
空虚だけがぽっかり残った
(ぽっかりはいいが……)
ポカリスウェット飲もか
汗して　酒して　女する
そして　またまた
汗する　酒する　女する
はははははははは
白日の肯定性

九州
佐賀は
諸富《もろとみ》町
そこに住まわるこれからは
何をどうののこうのでなく
目をもち耳もち鼻をもち
現実表面とんでみよ
脳もち臓もち玉をもち

現実内面おりてみよ
妻もち子をもち親をもち
現実しんどいかけてみよ
見よ見よミヨちゃん　さようなら
みよみよ冥土《よみ》ちゃん　今晩は
Made from nothing
めいどのみやげは何もない
はははははははは
白日の実定的肯定性

すべては
この
真昼の明るさのもとにある
うれしいではないか悲しいではないか
さびしいではないか楽しいではないか
わくわくわくわく
あたりまえに食べて飲んで生きよう
あたりまえに大小糞便放《ひ》て死のう

逍遥　従容として怏怏

今　隠蔽されてあること
それ
それはこの糞と死だ
糞食らえといって糞を食べたものがあるか
死んじまえといいながら死んだものがあるか
糞食らえ死んじまえといいながら
生きている食べている　その言葉を

時々
ふと
私はアマラとカマラを思い出す
オオカミに育てられた
あのインドゴタムリの野生児たちを
彼らは　まさに
何の何もなく
食べていた糞放ていた

そして
星々のように疾走していた
江嶋達彦が行って行ってしまった

江嶋はさらに行くだろう
とどまることに含羞をもち
固着することに狂気し
天をそして地の果てを見据えている男
彼の行動は実際地球回転まかせの風だ
しかし
彼の言葉は流れきらめく粒子だ
彼の歌は溢れ駆ける精気だ

行き行きて何もなし
かつ
すべてあり
江嶋　人間　生けること

たまには自分でかいてみよ（かいている）
たまには他人としてもみよ（してもいる）
そして
いつでも宇宙を抜けてみよ（あたりまえだよ抜けている）
はははははははは
白日の実定的絶対的あたりまえだの肯定性

江嶋達彦が行って行ってしまった
江嶋達彦が行って行って…………………………………………………………………
……………………しまった
しまわない
しまう
しまうだろう
（以下続く）

（※）「よこはま・たそがれ」（作詞＝山口洋子）より

声援

久しぶりに江嶋から手紙が来た
足首複雑骨折　今年二度目の入院だという
その文面で
彼は
ごくあたりまえに自分の近況をつづっていた
ところどころ拙い文章には　しかし
衒いも謙遜もない
淡々とした事実の羅列がそれゆえに身に滲み込む
そして
その表白の反応を
俺も自身のパルスのそれとして
返す以外に何もない

つくろわず

かしこまらず
構えることなく
言うことなく
今このままのあり方で
このままのテンションで
焼酎飲んでいて　正気で
フレー　フレー　江嶋　と
俺はエールをおくった
いつかへべれけに酔った
あの真夜中の千歳船橋の
酒場からの帰りのときのように

声援に過剰も欠如も打算もない
居住まいを正すことなく
ただ自分がうたうだけだ
自分のありったけの想いを
今あるこの場のこの自身のあり方だけで
声をはりあげ　からして

身をふるわせながらうたい祈るだけなのだ
それは高みでも低みでもない
自分の白日暗夜のあり方を晒しているままだ

人間が人間にできる
透明な姿勢とは
ただそれだけではないか
忠告にしろ感謝にしろはなむけにしろ
その声が意味内容にはまりこむとき
それは堕落する
声はただ声だけであれ
アーメン　ソーメン　ボージーソワカ
真言とはそういうものだ

俺は
今の俺を
今の気合を
おまえにおくる

どうこうせよと何も願いはしないが
それらは
確実に
おまえのところに届いているだろう
それは信じているからではない
それが声であるからだ
もう一度エールをおくる
フレー　フレー　江嶋
フレー　フレー　達彦

元気で！

時節

あやめ白く咲き開き
青葉したたり
薫風頬をかすめ
杜鵑《ほととぎす》鳴く

夏がある

夏は春にも冬にも秋にもあった
いつでも出会っていたし
いつでも謳歌していた
そう　いつもあるから今夏がある

良寛ではないが
生きる時節には生きるのがよく

病気する時節には病気するがよく
死ぬ時節には死ぬのがよろしい
われわれはすでに生きているし病気しているし死んでもいる
いつもそうだから
今生きることができるし死にもするのだ

生死《しょうじ》　有時《うじ》　刹那生滅

江嶋からの膨大な手紙を読む
スピードにのったナイーブな感性の強度が
いわゆる正気になるにつれ
外部から内部へと収斂《しゅうれん》していく
気はやはり触れていなければならない
しかし　それはさておき
あたりまえであることを
あたりまえとして認めてあること
それが今　現成している
なぜなら

手紙の目的はその内容を書くことではなく
手紙を出すことにあるのだから
全十方界に翳りなし
三世の時間に繋留なし
ある時節にはあるのがよかろう

最後に
封筒裏のレース美人
これは粋だった

目覚めよと叫ぶ声よ届け

予感がした
すでに三年前
結果的に最後となってしまった電話のとき
江嶋は三年以内に死ぬかもしれない　と

すると　すかさず
江嶋は私の心を見透かしたかのように
全く同じことを言った
　俺は三年以内に死ぬかもしれない
ゾッと震えたが　私はその直感を隠した

おまえのテレパシーはどんどん伝わってくる
電話が来るのはわかっていたよ
六本木の殺人事件は井澤がやったのだろう

杉並の放火犯人はおまえだな
大変だったな
俺は見ていたぞ

それから三年後
江嶋は逝った

九州に向かう新幹線の中で
私は江嶋へのさらなる詩を頭の中で書いていた
次々と言葉が湧き出てきたが
まとまらず　今は忘れている
そんなふうに　あのときは
厚い言葉の糊塗によって
動揺する
自分を押さえ込もうとしていたのだ

もう半世紀ほども前
江嶋は誰かとぶらり私の下宿にやってきた

お　アコースティックギターやるんか
手に取って　艶っぽい声で弾き語りを始める
私はジャズミュージシャンの
お下がりのウッドベースでそれに合わせる
このとき一瞬で
お互い　呼吸がピタリと合うことを感じ取った
江嶋は調子に乗って羽目を外し出す
私はそれを押えるようにして柔軟についていく
この　即興ぞくぞくの快さ

演奏で即座に息が合うということは
もともと　二人の存在の波長自体が
どの場でも共鳴できているという本質があるからだ
そんな稀有な関係の展開

赤提灯内　酒を飲みながら
一時間以上
タモリ語だけで掛け合いを続けたことがある

これが　分かりすぎるほど分かるのだ
めくるめく眩暈愉悦
だから
おまえがスキゾの妄想シャワーに入り込み
隠喩断片哲学のスピード強度のままに
早口しゃべり続けても
こちらも同じ強度でハンマーを
うんうんトントン叩けるのだ

江嶋の根柢にある自由自在の遊びの広さ
それは太無端　無底底
怠惰なままに怠惰になり
懶惰なままに懶惰になり
空虚なままに空虚になり
遊びのままに遊びになる
絵を描きたいときには絵を描き
料理を作りたいときには料理を作り
木彫りをしたいときには木彫りする

そして
そんな脱落恬淡の自在さに触れた女を
すぐ惚れさせてしまう
だが
そこをさらに突き抜けて
触気　超気
気が気に触れて
昏昏　混沌　頓と知を超え
悲願の彼岸に行ってしまった

病棟から戻った江嶋の死顔には
いく筋かの細い傷があった
それは自分の死をまだ自覚できていない
生きた聖痕のようだった
ならば
目覚めよ　目覚めよ　中有から戻ってこい
そのまま　届け　届け
この叫びよ　この声よ

漠然呆然の心の中で
私は自分を吹っ切るかのように叫んだ

江嶋は
私の根柢にもある無礙自在さを
同じ地平から見抜き指摘した
最初の他者だ
貰ったものはたくさんある
共有できた空間時間はそのまま生きている
私はまだアコースティックギターを抱え
艶っぽいおまえの声を真似て
弾き語りをやっているぞ
江嶋よ　そのまま天から加わってこい

III

「哲学」の哄笑

黒のベレー帽をかぶり
蝶ネクタイをした山崎正一先生は
颯爽として教室に入ってきた
大学一年「哲学概論」の最初の授業

哲学とは何か
どの学問でも　一番初めにまず自分自身の定義を確定する
それを根拠にして自身を展開していくからだ
しかし
哲学にとってはこれが最大の難問
最初がそのままにして最難関なのだ
なぜならば
哲学は自身の定義でさえ否定する学問だから
『金剛般若経』の論理に従えば

哲学は哲学にあらず　以って哲学と名づく
ソクラテスならこう言うだろう
私は哲学が何であるか知らない
だが　哲学が何であるか知らないということを知っている
あはははははは

この瞬間　つられて教室中に起こる大爆笑
一堂に満ちていた緊張感が一気に融け
超脱した哲学者山﨑正一の本質を
皆が直観的に理解した全機

山﨑先生の　この有名な哄笑は
哲学者たちの思想の核心を述べ
ご自身のお考えを表白された後
絶妙の間をおいて成される
うなずき　興奮しながら耳を傾け
そこから巡らしていた　こちらの青臭い思考が
一挙に脱臼して崩れゆく瞬間

えへへへへへへへ
そうおっしゃる時もある

以来
山崎先生に就いて
カントの『純粋理性批判』や
ヘーゲルの『大論理学』を原書で読んだ
一回の授業で
進むのはせいぜい一段落か二段落程度
しかし　噛みしめれば噛みしめるほど
そこに濃密な解釈の展開と
スリリングな思考の飛躍が起こる

ゼミナールは秘儀の場である
これに参熟した者こそが
「哲学」の秘密を体得できる
そして
この百尺の竿頭を進むことさらに一歩

その時　初めて
哄笑の洗礼の神髄に踏み入ることができるのだ

ラディカルで
トータルで
アクチュアル

学生の論文を読むと
まずその良さを見い出して誉める
だが
これら三つの観点が一つでもなければ
どんなに細やかな内容でもそこを批判された

『哲学の近代的構図』『カントの哲学』『哲学入門』『哲学の原理と展開』
私がまともに読んだのはこれくらいだが
どれも斬新で太無端の絶壁である

厳しさを秘めながら　温かく広大な度量

山崎先生の醸し出すその雰囲気は
私の祖父のそれに似ていた
二人とも禅僧
そのおかげで
私は最初から安心して素直にその場にいることができた
そんな甘えから
教授を辞された後も続いていた「『正法眼蔵』講読」の
末席に加えさせていただいた

「しかもかくのごとくなりといへども花は愛惜にちり草は棄嫌におふるのみなり」
ここが禅である　あはははははは
諸法実相　諸法空相
諸法空相　諸法実相

還暦で山﨑哲学奨励賞（山﨑賞）を創設
村上陽一郎　廣松渉　市川浩　坂部恵など
錚々たる哲学者が受賞
私もそれらの先生の授業を受けることができた

その後
『山﨑正一全集』が出される
購入して図々しくもサインをお願いした
添え書きに記されていた「井澤賢隆英彦へ」
「英彦」の意味を後で知ったとき
この上もなく嬉しかった

大道山興禅寺大和尚かつ大哲学者山﨑正一先生
合掌

井谷泰彦の詩を読んで気分がいい

十数年ぶりに詩を書いた
「あのね」という題だ
書き上げることのできる詩には
その内容に自信がある

翌日
井谷泰彦から新しい詩集が届いた
『はじめての〈ユタ〉買い』
一気に読んだ
気分がいい

『多摩川を渡る女』から早や十数年
そんなに経つ気は全くしないのだが
今回も傑作である

「才能の詩人から存在の詩人へ」
これが　前作への私の批評だ
それを繰り返し述べるが
「今や詩や小説・批評を書くということが
困難であるということを自覚しつつ
今ある自分の足元という場所に立つ
そして　この絶壁をさらに突き進んでみる
井谷の詩のラディカルさは
その表現がペーソスやシニックになるのではなく
そこを跳躍したユーモアになっているところにある」

体得

沖縄は井谷とジャストミートする
才能と存在がここで融合した
あるべき居場所において
あるべき言葉がある

その心地よさ

井谷よ　おまえは詩人だ
自信を持ってよい
こんな言葉を表白するまでもなく
おまえは　今や悠々と
詩を駆け抜けている

天へと突き抜ける青空が　さらに高くなるようだ
清澄な海の満ち潮が　さらに厚くなるようだ

ああ　気分がいい
井谷よ
すばらしい詩を有り難う

小窓のあるモナド

虚数も含め　すべての数は0に還元できる
0を掛ければすべて0になるからだ
つまり
様々な差異を持ったどんな数も
0の下に平等になれる
0は数の揺り籠
これを色即是空という

当然　整数も0に還元できる
また　整数は0と1の二つの数にも還元できる
2進法ではない
ガウス時計である
0と1の二つの文字盤しかない時計
そこでは

偶数はすべて0に
奇数はすべて1に　還元できる
これを色即是空色即是色という

数は事法界　差別相
0は理法界　空相
すべての数が0に還元されているのが
理事無礙法界　色即是空
0を根拠として数が出来し
それぞれの差異を楽しんでいる事態
これを空即是色　刹那生滅事事無礙法界という

このように
数学と仏教について
同時にずっと話せる人は　私には
Iさんしかいない
大分は宇佐出身
物理数学専攻の野武士

妥協を許さない厳しい潔癖さを持ち
孤高孤独の絶壁に立って
百尺の竿頭を踏み出す人
宇佐の実家で一人両親の介護をし
苦闘の修羅場　看取って東京に再来
思わぬ交通事故に遭うも
艱難辛苦をそのまま受け入れ
今　持ち前の鋭いメスを
さらに磨きながら
証上の証
数理論　量子論　に没頭している

酒を飲むと
相好は崩れ
声も大きくなってくるが
中途半端な人たちや
不徹底な事柄に対しては

変わらず痛烈な批評をする
自分を棚に上げないその潔さによって
説得力を持って身に滲みてくる断乎たる言葉

だが
私は知っている
清楚で自律した素数のような女性には甘いことを
時々酒に限度がなくなり酔いつぶれてしまうことを
この　根柢にあるロマンティシズムと
毅然としたリアルな立ち位置との　稀有な併存
そんな　小さな窓を持ったモナド
それがＩさんの明鏡止水の心だ

これからも
まさに断乎として妥協のない批判をしてくれ
そして
その一直線で純正な志操を天まで貫いてくれ
そこに私も喜んで

般若湯を飲みながらそのまま参加する

今 入間川正美のセロ即興が一番面白い

変わらずに
音のかそけきこの夕べ
心昂りセロ聴く我は

入間川の
セロ即興で
ゴツゴツどしどしひそひそと
その奏でる音の
常にスリリングであるのは
音楽そのものの次元における
音の素数を
そのまま体現しているからだ
「非越境的独奏」とは
どの時空においても

その境位にあること

素数は無限
だが
その限りない音素は
それぞれそれぞれ
断絶の中にある極限の高み
音の絶対零度

セロという
限定された楽器の定律を
入間川正美は
柔軟な破断の弓斧で
きしきしどんどん突き破る
その飛翔の爽快さ
その脱落の痛快さ
怪怪　恢恢として快快
こんなミューズに出会えることの

この上もない悦楽

今　入間川正美の即興セロが一番面白い

岳学庵という発条《バネ》

『根無し草の叫び声』
この　五木寛之と大江健三郎のエッセンスを
そのまま合わせたようなエッセイ集の題名に引かれ
十九歳の時　一気に読んだ
著者は　岳真也
うなずけるみずみずしい感性
ついに　同世代の作家が誕生してくれた
そんな　初めての実感を持った

評判になった次の処女小説集
『きみ空を翔け ぼく地を這う』
これを読みたくて
私は無謀にも作者の家を訪ねた

岳学庵

その扉を押すと
うん？　誰だ
そうか　もう一眠りするからおまえもそこで寝ていてくれ
夕方になって起き
私は指示に従って野菜炒めを作った

以来　同人誌の制作を手伝い
私も自分の作品を載せてもらった
夜になると新宿に連れ出され
何軒も飲み屋をはしごする
岳さんは酒も好きだが
人が好きなのだ

だが
いくら飲んでも
家に帰ると　机に向かって一人文章を書く

私が学んだものは
その　作家としての直の存在感だ

岳学庵には有象無象の若者たちが出入りしていた
　来る者は拒まず
　去る者は追わず
そんな姿勢の中で
作家岳真也は
生活者岳真也として
自分の身を
最低限まで削り
分かっていながら
現実　いつも大きな負債を抱え込む
そんなことから　踵を返す人も
少なからずいた
しかし　この背水の実践こそが
岳さんの生きる矜持であり
その「私小説」の本質だ

佳品『風間』から三十年
集大成である『緑回廊』の上梓
そして　現在の最高峰『翔』
どちらも「賞」に値する作品だと思った
『河合継之助』以来の
数多くの歴史時代小説も
読めばわかるとおり
「私小説」の変奏

岳さんが活躍している中
私は哲学や仏教や音楽に沈潜していたが
岳学庵での関わりは
そのまま体躯に滲み込んでいて
私の成長の発条となっている

私は　小説家岳真也の一番弟子である
今それを　誇りを持って宣言する

簿記会計、その凛とした筋道

不惑近くになって
専門学校の教員に転職したとき
同じ学科に若き成川正晃はいた

いつもどこか
はにかみの笑みを湛えながら話しかける
シャープでハンサムな先生
さぞかしモテるだろうと思っていたら
もうすでに結婚しているという
お互い専門は違うが
その教授スタイルに共通したものを感じ
親近感を持った

一年後

本が増えたのと気分転換もあって
私は埼玉の北本に居を移した
光まぶしい夏の初め頃
マイカーに乗って突然成川先生が訪ねてきた
奥さんと
歩き始めたばかりの娘さんを連れて

　マンションを探しにここまで来てみたよ

私の作った素麺を食べながらそう言っていた
そして　しばらくして
成川先生一家も北本の住人になった

以来　高田馬場でよく一緒に飲み
酔うと　本当に「簿記」が好きなことを表白する
最後は池袋始発の高崎線を狙い共に帰った
北本の「角栄」も常連
成長していく子供たちの話を嬉しそうにしていた

専門学校は熟達のユニークな先生が多い
そんな人たちを担ぎ上げて「批評研究会」をつくる
文学　思想　哲学などの発表が中心
その第二十一回目　成川先生にお願いした

会計と文化—岩辺晃三説（イタリア式簿記の日本伝播説）について［一九九五年十二月二十日］

これがテーマ
イタリア式簿記というものがあるのだという驚きとともに
簿記の持つ論理性に目を見開かされた

私が結婚することになったとき
式の司会をお願いする
間を置かずの快諾
このときばかりではない
成川先生は

人とのつながりの縁を大切にして
百尺竿頭のその先を
いつも無条件に気持ちよく踏み出し
恬淡の心で
凛として筋道を通す人である
そして今思う
この　自身持ち前の潔い姿勢こそ
成川簿記会計学探究の核心だったのではないかと
だからこそまた
あれほど人に慕われていたのではないかと

訃報に接したとき
私はY先生と松戸の名所旧跡を巡っていた
終わりに行きつけの店でしこたま飲む
酔って別れて一人
夜の人混みの中
押さえていた心の箍《たが》が一気に外れた
みるみるうちに涙があふれ

私は子供のように大声を出して
辺りはばからずに泣いた
そして　そのまま奥さんに電話をかけ
さらに泣き　泣き続け
そのように
哀泣慟哭の声を受話器に晒すことしかできなかった

生きてる限り歌がある

卒寿　九十歳
「ＷｏｒｄＷｏｒｋ」主宰　向井徹先生

米寿前にして抗がん治療を受け
一年後にきっぱりと恢復
体は少し不自由になったが
頭脳は変わらず超明晰
今も「満洲」について書き続けている

向井先生と話すのは何て楽しいんだろう
まるでサンバに乗った産婆術
互いの無意識下にあった斬新な発想が
そのまま次々と引き出され
スリリングに増幅する

まさに至上の僥倖の出来

向井先生は軽妙な役者に似ている
その顔も　その存在も
どの場にいても
ウイットに富んだ会話で人を和ませ
力を抜いたその温かな雰囲気自体で安心させる
こちらの緊張をさりげなく読み取り
自身の気遣いは感じ取らせない柔軟さ
誰もがその魅力に引かれ
自然に好きになってしまう
人前で　時に奥さんに厳しいのも
私は半分演技と見た

そして
その志向　思考の広さと深さ強靭さ
思わぬ側面から問題を照射する
番外論

重心論
遡行論
着想論
白日論
片言論
向井徹六部作
批評家にしてコピーライターでもあるから
このように
論点の本質をズバリ一言で表現する
その　寸鉄人を刺す洒脱な発想
意気と息　生き生きとして粋だ

向井徹と對馬斉
小・中学の同級生かつ親友
二人の酒盛り対話の場に
ずうずうしくも　私が割り込んだ
その成果が　批評研究会と会誌『批評衛星』
議論白熱　長居して

出入り禁止の酒場もあるが
以来続くは変わらない
酒盛りわくわくその悦話
生きている
生きている
逝ってしまった對馬斉も
対話の中で生きている
鼎話《ていわ》となって　その渦中
向井徹も生きている
向井徹も生きている
「満洲」がある
言葉がある
詩がある　小説がある　批評がある
これら思考の反射は相乗し
相聞の歌へと高揚して
思想の強度は張りわたる

生きてる限り歌がある

歌はうたた詩《うた》となり
生死の到来吹奏中
歌よそのまま囀《さえず》るがよい
歌よそのまま泣くがよい
歌よそのまま声となれ
声そのままで証となれ
向井徹という自由闊達な生き方

賞《め》でる
頌《ほ》める
賞　頌　少々小用
逍遥　たゆたい
ここに笑止の頌詩贈ります

向井先生にさらなる幸あれ
向井先生にさらなる福あれ

(ナムサッダルマプンダリーカスートラ)

IV

「生ける對馬斉」

「生ける對馬斉」――このような「生ける〜」という言い方は、ふつうすでに死んでしまった人に対して使う表現である。もちろん、生きている人に対して使うときもあるが、その場合もその人がそれまで死んでいるに等しい状態にあって、今何か生きていることが分かったというようなときに限られて使用されている。

そうすると、「生ける〜」という表現における「生ける」とは実は「死んでいる」ということであり、死んでいる人こそが本当は生きている人ということになる。つまり、一度死んだことのある者だけが、はっきりとした「生者」として我々の前にはじめて立ち現れてくるということなのである。そして、この場合の「生きている」という在り方は、その人の本来の在り方において生きているというように見なされていること、すなわち、その人が「生きて在るべき存在」として生きているということを意味している。小林秀雄が「無常といふ事」において、傍らにいた川端康成に述べたエピソードとして次のように書いているのもこの意味からである。

生きてゐる人間などといふものは、どうも仕方のない代物だな。何を考へてゐるのやら、何を言ひ出すのやら、仕出來すのやら、自分の事にせよ他人事にせよ、解つた例しがあつたのか。鑑賞にも観察にも堪へない。其處に行くと死んでしまつた人間といふものは大したものだ。何故、あゝはつきりとしつかりとして來るんだらう。まさに人間の形をしてゐるよ。してみると、生きてゐる人間とは、人間になりつゝある一種の動物かな。

死者はもはや動じない。しかし、それは「死者」として動じないだけではなく、「生者」としても動じないのである。つまり、死者は退っ引きならない、生きて在るべき姿において常に立ち現れているのだ。そして、生きている我々が死者をそのような形で認識するとき、実際においてはじめてその死者を容認するのである。

だが、問題はこの構造が死んでしまった人に対してだけでなく、現にまだ生きている人間に対しても同様に当てはまるということだ。小林秀雄は「生きてゐる人間とは、人間になりつゝある一種の動物」であると述べ、その状態こそ「無常」なのだと言っているが、たしかに生きている人間の在り方は「何を考へてゐるのやら、何を言ひ出すのやら、仕出來すのやら」解らない。それは思考、発言、行動のレベルだけでなく、物理的《フィジカル》な肉体のレベルにおいても同様である。体細胞は日々生まれかわり新陳代謝を刻々と行いながら環境とともに変化している。その在り方を客観的に判断すれば、まさに「無常」と言ってよいだろう。ここに確たる自己同一性を求めることはほとんどできないように思われる。

しかし一方、「人間になりつゝある」ということにおいて、生きている人も自身のあるべき人間としての姿を繰り返し修正を加えながらも求めていることに変わりはない。そして、この生きて在るべき姿こそが、自身が考える自分の本来性を体現している在り方なのである。また、在るべきこの自分の姿こそが、まさに自身の自己同一性を保証する根拠なのである。つまり、生きている人間の自己同一性は、「自己」が「在るべき自己」に向かうという分断を出発点とした投企(アンガージュマン)の中で未来という時間に担保された「在るべき自己」の姿においてはじめてつくりあげられるのだ。この在るべき自己も、死者の場合と同様に退っ引きならない姿において立ち現れる。

このように、生者も死者もその在るべき姿において、それぞれの自己同一性を確立する。違いは、生者の自己同一性が未来という時間に担保されているのに対し、死者のそれは過去という時間に永遠に留保されてしまっている、ということだけだ。

「在るべきもの、それは在るべきであるがゆえに未だここにはないものであり、将来あるとは保証されないものである」とは、ヘーゲルがカントの倫理学の本質を批判して言った言葉だが、逆にカントの立場から反論してみれば、むしろ在るとは保証されない在るべき自己の姿を引き受けて生きることこそが人間の「倫理性」であり、生きている人間の現実の「実践」なのであると言えるだろう。したがって、この実践は、自己と在るべき自己の分断を出発点としている限り「暗闇への飛躍」(マルクス)であり、自身盲目的、受苦的（對馬斉）な在り方において引き受けなければならないものである。しかし、重要なのはこのような実践の盲目性への自覚なのである。「自己」と「在るべき自己」の偏差、特に「死者」に対する場合、生者として生きていた在り方が、死者となって生きて在るべき姿（誰かにとっての）として現出するその偏差にこそ注意を払わねばならない。ここには一つの権力性の隠蔽がある。

例えば、思い出やエピソードや批判なり、在るべき者として死者を書くこと、そこでは逆にその死者の「生きている」ときの盲目性が忘却されてしまっている。そして、この忘却という特権性の下にこそ死者について書くことができているというその権力性は、ほとんど自覚されることなく隠蔽されてしまっている。ここでは書くことによってかえって死者は忘れ去られ、棚上げされてしまう。何らかの事態がスローガン化されることによってその内容を失うのと同じ構造である。

我々はこのような構造にこそ念入りに注意を払わねばならないし、今これを書くにあたって、私は本当はこのようにしか言うことができない。したがって、私はまだそしてこれからも「生ける對馬斉」を書くことはできないのである。と、こう逆説的に述べることこそが、人間存在の受苦性と労働のあり方についての本質的な考察を提示した對馬斉の思想の核心を実は示すことであり、その盲目性の一端を暗示することでもあると考えている。

存在への含羞

普光江泰興さんは三つの小説集を本として残している。

『光の帝国』（吟遊社・一九七六年）、

『魅せられた領域』（悟空社・一九八二年）、

『女優 ― エロティシズム幻想館』（自由国民社・一九九三年） である。

これらの書評も含め、私は三回ほど彼の作品の本質について論じたことがある。それらで述べたことは、普光江さんの小説の持つ小説本来のラディカルなあり方だ。

普光江さんはシュールレアリスムやダダイズムの影響から出発したと言ってよい。実際、初期の作品にはストーリーの遮断や言葉のコラージュ、自動記述といった手法が駆使されている。しかし、彼の場合重要なことは、これらの方法に意識的であろうとしても、常に今書いている文体の息づかい自体の方がそれらを圧倒してしまい、テクストの快楽そのものの豊饒性がそこに現出しているということである。彼はそのような過剰性を作品そのもののあり方としていつも体現できていた稀有な小説家だった。

彼の作品で扱われる題材は徹底した個人的なこだわりだ。友人たちとのちょっとした関係、日々のたわいもない出来事、美少女タレントのヘソの形態、そしてＳＭ、特にヘソや鼻責め、全裸大の字磔刑《たっけい》へのこだわりなどである。だが、彼はそれらの描写をストーリー性に収斂させていこうとするのではなく、徹底して自己とのかかわりにおいて、しかもその時その時の断片として、ディティールを具体的に述べるだけなのである。そのあり方のスリリングさこそまさに彼の本領であった。その意味で彼の小説は実験小説やヌーボーロマンなどの要素を持っているとは言え、その本質において最初から「私小説」であったと見ることができる。

では、なぜ普光江さんはそのような過激性、過剰性を持ったのだろうか。

私は先のような批評を書いて彼にエールを送ってきたが、その内容は彼の小説の現象面への理解にしか過ぎない。そのことを私自身よく自覚しながら書き、また普光江さん自身もそのたびに喜んでくれたが、私が彼の小説の批評を書いたのは、もちろん彼の小説が好きであるということもあるが、実はそもそも普光江さんという「人間」自体に共感しているという前提があったからこそなのである。本当のところ彼は、自身の書く小説のラディカルなあり方とは違い、むしろ不器用で朴訥な人間であったと思う。三十数年前に彼と初めて出会い、それ以来なぜか無条件に彼に共感していたのは、明るく饒舌でありながらも本質的に不器用で朴訥な彼のあり方に自分と同じものを見、また彼の高知人としての磊落さにあこがれていたからである。

彼がダダイストを自称していたのは、おそらく自身のこの不器用さに対する逆の衒《てら》いからだと思う。また、そのような自身のあり方への恥じらいからこそ「傷つき、痙攣する崇高なる美」（Ａ・ブルトン）としてのＳＭの世界にこだわったのである。ＳＭは彼の単なる趣味や嗜好ではない。不器用で朴訥な彼の存在の本質にかかわる問題としてあるのだ。

　彼はまず「女の顔は全裸だ」という直截的な認識から出発する。そして、全裸であるがゆえにその顔は体全体のメタファーとなり、さらにメタファーとなった顔は、例えば口唇が女性性器を表すように、一つの秩序を持ってシンボル的な宇宙《コスモス》性の中に安住する。そのようなスマートな意味的世界を解体する仕掛けがＳＭなのである。堅牢な緊縛や苛烈な責めにおいて体現されている女体は、その秩序《コスモス》を解体されて露わになる「存在の不器用さ」そのものなのだ。そこに「傷つき、痙攣する崇高なる美」を見ることによって、普光江さんは自身の不器用さを浄化していたのである。彼はＳＭの中でも特に鼻責めに固執していたが、鼻の穴にフックをかける責めにおいてまさにスリリングにも反転的に現れる豚顔の醜さに、自身の不器用・朴訥さへの恥じらいを体感していたと言ってよい。この、存在への含羞こそが彼の過激性・過剰性の本質のように私には思われる。

　普光江さんが若くして亡くなった後も、私はそのような彼のあり方に共感し続けている。

彼は来ているか

「追悼文」は、決してその故人の「生」を審《つまび》らかにはしない。むしろそれは「書く」ということの暴力性によって故人を隠蔽し、忘却させるのである。

人が生きているとき、その生のすべてを統御できているわけではない。生の中には、いや生そのもののあり方には、それを統御し、意識化することのできない盲目性が厳然としてある。故人について「書く」ということは、すでにその「書く」という行為自体の過剰性によって逆に当のこの故人の盲目性を忘却させる。そして、まさにこの忘却という特権性によってこそ現に書き得ているという顚倒自体をも忘却させるのである。この二重の忘却の構造を何よりもまずしっかりと自覚しなければならない。

これらの事態について私は、すでに十数年前、『生ける對馬斉』において提示しておいた。今回の「追悼文」がそれと全く同じ内容であっても構わないし、むしろそうあるべきだと考えている。

小山博人もおそらくこのような構図を常に意識し、遂行されるパフォーマンスに対してまずこの立場から問答を立ち上げていたように私には思われる。「追悼文」の示すもの、それは故人の「不在」のみである。

だが、「しかもかくのごとくなりといへども、華は愛惜に散り、草は棄嫌に生ふるのみなり」(『正法眼蔵』「現成公案」)。道元ではないが、この構図のごとくなりといえども、愛惜に散った小山についての忘れられないエピソードを書いてみる。

一九九六年だっただろう。オスト・オルガンの「聴く演劇」(演出・海上宏美)を観るために名古屋に行った。そのパフォーマンスに隣接するシンポジウムがあり、司会者は小山博人、抜擢だった。私もパネリストの一人だったかも知れない。議論の進行はいつものように曲折があったが、その底流を小山はしっかり押さえていたように記憶している。打ち上げの酒は旨かった。

その翌日の日曜日、小山に誘われて徳川美術館で源氏物語絵巻などを観たあと、これも小山に誘われて「カノーヴァン」で行われていた千野秀一の演奏を聴きに行った。ピアノではなく、シュトックハウゼンをポップにしたような電子音楽。機械音なのに妙に自意識ばかりが感じられ、心に響かなかった。

忘れられないのはこの後である。なぜかクアトロ・ガトスの清水唯史が加わって、彼と小山と私の三人で名古屋から夜行列車に乗って東京に帰ることになった。まず売店で小山の好きなビールをしこたま買い込み、次に近くのコンビニで私の好きな赤ワインを三本ほど求めてきた。午前零時頃出発、列車の中での酒盛りが始まる。千野の演奏の感想をきっかけに、それぞれが思いのままの批評を述べ合う。談論は風発。音楽、演劇、美術、文学、小説、批評、哲学、宗教、思想、どんな領域にも突っ込んでいく。

ところが、それらが三人の間で対立の断層に落ちることが全くなく、それぞれの思考がその強度の高みをそのまま保った状態で受け入れられる、そんなスリリングで楽しいトリローグなのだ。「思考の快楽」の体現そのものと言ってよい至福の時間。酒はどんどん進み、周囲からは「うるさい」「早く寝ろ」「今何時だと思っているんだ」と怒鳴られながらも、それに構うことなく談論は留まることを知らない。いつの間にか酒は飲み尽くし、横浜あたりを過ぎて外は白みだしていた。

小山と初めて会ったのはいつだったか、全く覚えてはいない。しかし、小山は最初から私に対して感想は聞いても、なぜか論争を仕掛けてくることはなかった。私のオスト・オルガン論「断絶としての反復」に共鳴していたからかもしれない。観に行ったパフォーマンスの場で顔を合わせると互いに何となくホッとし、必ず一緒に飲みに行った。クアトロ・ガトスや遠藤寿彦のパフォーマンスが終わった後に他の劇団などのつまらない演技があると即座に抜け出し、飲みに行った。その判断の機微がいつも同じで、私は内心ニンマリする。[絶対演劇]を観た高揚感を汚したくない、そんな思いが一致していた。

以来、私は特定のものにしか行かないが、そんなパフォーマンスの場に赴くと、まず小山の姿を捜している、「小山は来ているか」と。そして彼の姿を確認するとなぜか安心してそのパフォーマンスを注視する。逆に彼がいないと何となく不安が走り、「小山の不在」ということ自体がそのパフォーマンスに被さってくる。もしかしたら、私はいつも「小山」の目を重ねてパフォーマンスを観、そしてそれについて書いていたのかも知れない。そんなことを今、思う。

小山に最後に会ったのは「七針」で行われていた入間川正美のセロ独奏の場だった。観客は六、七人。打ち上げでワインを飲みながら「入間川のセロが今一番面白い」と言ったとき、彼も頷いていた。亡くなる二か月程前だった。

これからはもうパフォーマンスの場で小山の姿を捜すことはないだろう。このことで一応「小山は来ているか」という具体的な確認の問いは消失した。だが、この事態は私自身にとってはかえって「彼は来ているか」という普遍的な問いかけの形に超脱し、それによってパフォーマンスに対していかなければならないことを迫ってくる。なぜならば、小山博人は逝去したが、逆にそのことによってこそ初めて「生ける小山博人」そのものが現出したからである。「生ける小山博人」、それは常に普遍的に生き続ける「在るべき小山博人」という呪縛である。

垂補

私《わたくし》
本名は井澤賢隆《いざわまさたか》
筆名は井澤賢隆《いざわけんりゅう》
芸名はＩＺＡ《イザ》　シンガーソングライター哲学　と自称する

そして
戒名は　華厳院祖雲賢哲居士　がいい
華厳山《けおんぼ》祖雲院　これは私が生まれた寺だ
賢隆はもともと坊主の名
同名の名だたる和尚が何人かはいる
賢　はその賢隆の換喩
哲　は私の専攻　希哲学の核心

著作はこれまで一冊

『学問と悲劇―「ニーチェ」から［絶対演劇］へ』（情況出版）
この『人物詩』は二十数年ぶり　二冊目の本になる
次に『「演劇」の絶対零度』他を出版予定

今死んでもおかしくない年齢と状況
詩集を上梓してみた
十代から俳句と詩を作り　小説や批評も書いていたが
詩が本当に解るようになったのは
三十過ぎてから
やはり　道元を学んだ後である
そんな頃から作った詩を　ここに開示してみる
すべて身近な人への詩
その関係の「絶対」の結晶を感受し　叙述してみた
ご笑覧いただければ幸いである
出版に関わってくれたすべての人に感謝
特に父母への思いをこめて
ありがとう　と言いたい

（二〇二二年十一月一日）

初出一覧

Ⅰ
麦　『ご挨拶　人物詩一編』（公開パンフレット）　二〇〇一年十二月十六日配布

Ⅱ
江嶋達彦が行って行ってしまった
声援
時節
以上三編　『えん』第六号　えんの会　一九八九年八月三十一日発行

Ⅳ
「生ける對馬斉」『批評衛星』第六号　（学）川口学園　批評研究会　二〇〇二年十月
　三十日発行
存在への含羞　『えん２１』創刊号　二十一世紀文学　二〇〇五年七月一日発行
彼は来ているか　『７７１１　小山博人ｔｅｘｔ』　小山博人追悼企画準備室

二〇一四年四月二十五日発行

（他はすべて未発表・その都度の書き下ろし）

人物詩

二〇二三年一月二十日　発行

著　者　井澤　賢隆
発行者　知念　明子
発行所　七　月　堂
〒一五四—〇〇二一　東京都世田谷区豪徳寺一—二—七
電話　〇三—六八〇四—四七八八
ＦＡＸ　〇三—六八〇四—四七八七
印　刷　タイヨー美術印刷
製　本　あいずみ製本

Printed in Japan
ISBN 978-4-87944-512-4 C0092